AF592542

LE FEU
AU COUVENT

COMÉDIE

EN UN ACTE, EN PROSE

PAR

THÉODORE BARRIÈRE

PARIS
MICHEL LÉVY FRÈRES, LIBRAIRES-ÉDITEURS
RUE VIVIENNE, 2 BIS

1860

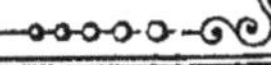

LE FEU AU COUVENT

COMÉDIE

Représentée pour la première fois à Paris, sur le Théâtre-Français, par les comédiens ordinaires de l'empereur, le 13 mars 1860.

V

63

Paris. Imprimerie A. Pillet, rue des Grands-Augustins, 5.

LE

FEU AU COUVENT

COMÉDIE EN UN ACTE, EN PROSE

PAR

THÉODORE BARRIÈRE

PARIS

MICHEL LÉVY FRÈRES, LIBRAIRES-ÉDITEURS

RUE VIVIENNE, 2 BIS

1860

PERSONNAGES

PAUL D'AVENAY, 38 ans	MM.	Bressant.
JULES DE MÉRIEL, 23 ans		Delaunay.
FORTUNIEN D'ILLOY, 30 ans		Leroux.
ADRIENNE, 16 ans	Mlle	Emma Fleury.
JEAN, valet de chambre	M.	Tronchet.
Deux domestiques.		

En 1854, chez Paul d'Avenay. — Un hôtel aux Champs-Élysées.

Nota. Toutes les indications de droite et de gauche sont prises du spectateur

LE

FEU AU COUVENT

Un petit salon élégant et riche. A droite, au premier plan, une cheminée surmontée d'une glace sans tain, garnie d'un store; pendule, et bougies allumées sur la cheminée; au deuxième plan, une porte conduisant à la bibliothèque; entre la cheminée et la porte, un petit meuble où se trouvent une théière et des tasses; devant la cheminée, un canapé placé de biais et laissant passage aux deux bouts; à côté du canapé, une riche table sur laquelle sont papier, plumes, encrier, journaux et une lampe allumée; entre la table et le canapé, une petite chaise; de l'autre côté de la table, un fauteuil faisant face au public. A gauche, au premier plan, une fenêtre; devant la fenêtre, à la distance d'un pas, un piano ouvert sur lequel on voit des statuettes, une Léda entre autres; devant le piano, son tabouret, puis un fauteuil et un pouff; au deuxième plan, une porte conduisant dans un autre salon. Au fond, de chaque côté de la porte d'entrée, un riche meuble, et des gravures appendues; sur le meuble de gauche, une lampe allumée; sur celui de droite, des livres reliés; sur le canapé, un petit miroir à main; sur la cheminée, une couronne; sur la petite chaise, près de la table, un voile de femme.

SCÈNE PREMIÈRE

JEAN; PAUL D'AVENAY.

On entend le bruit d'une voiture qui entre dans la cour de l'hôtel. — Jean va au-devant de son maître.

D'AVENAY, entrant du fond, à un valet qui l'introduit.

Joseph, qu'on ne dételle pas. (A Jean, indiquant la porte à gauche.) Ces messieurs sont encore là ?

JEAN.

Oui, monsieur le comte.

D'AVENAY, indiquant la gauche.

Fermez cette porte. — Je ne suis pas rentré. — Si l'on vous interroge, vous direz que la voiture est revenue sans moi.

Il va vers la cheminée. — Jean ferme la porte.

D'AVENAY, après un moment de silence.

Ces dames sont restées aussi ?

JEAN.

Oui, monsieur, à l'exception de deux d'entre elles qui ont eu la fantaisie d'aller au bal des artistes. — Ces dames ont envoyé chercher des costumes. — Elles ont même oublié ce voile.

D'AVENAY.

Priez M. de Mériel de se rendre ici, mais ne me nommez pas; vous direz seulement à M. de Mériel que quelqu'un le demande.

JEAN.

Ah! justement, le voici.

Il sort par la gauche, après avoir laissé entrer de Mériel.

SCÈNE II

DE MÉRIEL, D'AVENAY.

DE MÉRIEL, étonné.

Tiens! tu es revenu? Bonjour! Ils jouent un jeu d'enfer là dedans. — Ah! çà, pourquoi donc nous as-tu quittés si brusquement?

D'AVENAY.

Pour aller au bal.

DE MÉRIEL.

Vraiment?

D'AVENAY.

Et chez un financier!

DE MÉRIEL.

Ah!... nous abandonner pour la finance! encore si c'eût été pour le corps diplomatique!

D'AVENAY.

Ah! cela n'eût pas rempli mon but, attendu que le corps diplomatique n'invite pas madame Antonia à ses fêtes.

DE MÉRIEL, riant.

Madame Antonia ?..

D'AVENAY.

Ah ! mais, à propos, tu ne sais pas ce que vient de m'apprendre Maxime, que j'ai rencontré sous les lambris de mon millionnaire?... Madame d'Alizy qui s'est envolée !

DE MÉRIEL.

Il se pourrait?...

D'AVENAY.

Il se peut. — Oui, elle est partie, et sans me laisser un mot d'adieu, encore!

DE MÉRIEL.

Et tu ignores quelle route elle a prise ?

D'AVENAY.

Tout à fait... L'ingrate ! me quitter ainsi !

DE MÉRIEL, riant, et s'asseyant sur le fauteuil à droite.

Ah ! tu devais t'y attendre. — Tu n'as pas voulu adhérer à son ultimatum, qui est le mariage.

D'AVENAY.

En effet.

DE MÉRIEL.

Eh bien, ce départ est une punition ; elle met ton cœur en pénitence. Que veux-tu ! Elle a juré de devenir comtesse, et, j'en réponds, tu n'obtiendras rien d'elle qu'en échange de ton nom. — C'est à toi de voir si tu veux faire cette folie.

D'AVENAY.

Eh, mon Dieu, j'aurais assurément beaucoup de peine à m'y décider; mais, je te l'avoue, cette femme a pris un tel empire sur moi, qu'en vérité je n'oserais jurer de rien. — Ah! je fais cependant, tu le sais, tout ce que je puis pour me guérir de cette sotte passion.

DE MÉRIEL, souriant.

Oui, oui, il faut être juste; tu suis un régime très-sévère. Cette nuit encore, une consultation... en robes! Oh! les médecins ne te manquent pas !

D'AVENAY.

Et cependant je viens d'en prendre un nouveau.

DE MÉRIEL, gravement et se levant.

Une grande réputation ?

D'AVENAY.

Comme cela.

DE MÉRIEL.

Qui est-ce ?

D'AVENAY.

C'est Antonia... Je te l'ai déjà dit.

DE MÉRIEL.

Mais quelle est donc cette Antonia ? Ah ! je me la rappelle : des cheveux d'or, une lèvre hautaine, des narines indiscrètes !... Le tout, gardé par un grand monsieur couleur de suie, avec des yeux comme des pistolets. — Un Brésilien, je crois ?

D'AVENAY.

C'est bien cela.

DE MÉRIEL.

Et alors, c'était pour la rejoindre que...

D'AVENAY.

Oui. — Elle m'avait donné avis qu'elle serait cette nuit à ce bal ; mais permets-moi d'abréger, et d'en arriver tout de suite à ce qui te concerne. — Je me bats aujourd'hui avec le Brésilien.

DE MÉRIEL, riant.

Bah !

D'AVENAY.

Et je voulais te prier de me servir de témoin.

DE MÉRIEL.

Ah ! par exemple !... Mais comment donc se fait-il ?...

D'AVENAY.

Ma foi ! je n'en sais trop rien. Il faut croire qu'en traversant un petit salon assez mal éclairé et que nous croyions désert, notre cœur et nos lèvres auront rêvé tout haut. Le fait est que le Brésilien, qu'on n'espérait pas si tôt, a tout entendu, et un quart d'heure après, comme Antonia valsait, M. de Limarens, — c'est ainsi que se nomme mon adversaire, — m'a rejoint pour me prier le plus poliment du monde de vouloir bien échanger ma carte contre la sienne, me prévenant que ses témoins auraient l'honneur de se présenter chez moi ce matin, à midi ; étant forcé de partir demain de bonne heure pour un petit voyage, il désire que l'affaire soit vidée aujourd'hui même. Voilà, mon ami, le premier chapitre de mes amours avec la belle Antonia.

DE MÉRIEL.

Et... à quand le second ?

D'AVENAY.

A ce soir, dix heures.

DE MÉRIEL.

Bah !...

D'AVENAY.

Je vais chez Antonia comme cela était convenu avant ce petit incident, qu'elle ignore, bien entendu. — Notre homme sera loin, alors, car je ne veux pas le blesser pour qu'il parte.

DE MÉRIEL.

Fort bien. — Mais... s'il te blesse, lui ?...

D'AVENAY.

S'il me blesse ? il n'en partira pas moins, — et quant à Antonia, je n'irai pas chez elle, elle viendra chez moi. — Voilà tout. Allons, séparons-nous, mon ami, et occupe-toi tout de suite de mon second.

DE MÉRIEL.

Mais je vais le trouver parmi ces messieurs...

Il se dirige vers la gauche.

JEAN, qui entrait.

Ces messieurs ne sont plus ici, monsieur. — Il ne reste que M. d'Illoy, qui m'a ordonné de prévenir M. de Mériel qu'il allait partir.

DE MÉRIEL.

Dites à M. d'Illoy que je l'attends.

Jean sort par la gauche.

D'AVENAY.

Jules, je ne me soucie pas de mêler Fortunien à tout ceci. — Avec cet esprit taquin que nous lui connaissons, il serait capable de nous faire quelque nouvelle frasque de sa façon, et...

DE MÉRIEL.

C'est entendu. — Raoul devait venir me reprendre ici, je vais l'attendre quelques instants, et s'il ne vient pas, je...

D'AVENAY.

Chut! voici Fortunien.

Il va s'asseoir sur le canapé; de Mériel est debout à la cheminée.

SCÈNE III

LES MÊMES, FORTUNIEN.

FORTUNIEN, entrant très-gaiement de la gauche, des billets de banque à la main.

Messieurs, je vous présente un favori de la fortune... (Il va à la cheminée, côté du fond.) Oh! si vous les aviez vus! Ils étaient furieux là dedans. Je les ai tous ruinés. — Tous et toutes!

D'AVENAY.

Comment! ces dames aussi?

FORTUNIEN.

Parfaitement. — Je les ai mises sur la paille. Mais ce n'est pas tout encore : j'ai fait bien pis que cela.

Il tire des bijoux de ses poches.

DE MÉRIEL, riant.

Quelle est cette bimbeloterie?

FORTUNIEN, mettant les objets sur la table à droite.

Ce sont les bijoux de nos charmantes amies. — Leurs bijoux qu'elles ont pardieu bien perdus, en voulant essayer de rattraper leur argent. — Tiens, de Mériel, reconnais-tu ce médaillon garni de diamants?

DE MÉRIEL.

Ma foi ! non.

FORTUNIEN.

Ingrat! — c'est lui qui l'a donné! — Ces bracelets-là ornaient les bras d'albâtre de la piquante Marguerite. — Ah! cette chaîne lui appartenait aussi. Voici la montre de notre gentille écuyère. — Demain elle manquera sa répétition, j'en suis sûr. — Quant au reste, c'est la parure complète de la belle Lucrèce. — Ah! elle surtout était indignée. — J'ai voulu lui jouer son manchon, — elle m'a jeté les cartes à la figure et elle est partie en m'appelant Schylock.

DE MÉRIEL.

Que diable vas-tu faire de cela ?

FORTUNIEN.

Oh ! j'ai mon idée... (Prenant un coffret qui se trouve sur le meuble au fond à gauche.) Te sers-tu de ce petit meuble ?

D'AVENAY.

Non !

FORTUNIEN, le regardant.

Un Tahan! c'est juste mon affaire. (Il pose le coffret sur la table, et met l'argent et les bijoux dans le coffret. — Écrivant un mot sur une carte qu'il place ensuite avec les bijoux) : A madame Lucrèce, avec prière de restituer à qui de droit. Je la connais : elle gardera tout. — Sonne donc! — Et quand les victimes apprendront ses malversations, ce seront des dissensions intestines à n'en plus finir ; et qui sait ? elles s'égorgeront peut-être !

(D'Avenay et de Mériel rient. — Jean paraît.

FORTUNIEN.

Ce coffret à son adresse. (Il donne un mot d'écrit au valet, qui sort par le fond.) Ah ! par exemple, si vous voulez voir quelque chose de réjouissant, vous n'avez qu'à venir avec moi tout à l'heure avenue de Longchamps.

Il s'assied sur le fauteuil près de la table.

DE MÉRIEL.

Qu'y a-t-il là ?

FORTUNIEN.

Un steeple-chase entre mesdames Marguerite et Juliette. Une idée à moi. J'ai fondé pour aujourd'hui un prix de trois mille francs.

DE MÉRIEL.

Juliette est excellente écuyère ; elle gagnera.

FORTUNIEN.

J'en doute, car c'est moi qui fournis les chevaux.

DE MÉRIEL.

Eh bien ! qu'est-ce que cela fait ?

FORTUNIEN.

Cela fait que Juliette montera *Lady Born*, une charmante petite bête que j'ai dressée de telle sorte, qu'elle ne fait jamais que le pas de danse : quatorze lieues en quinze jours. — Vous voyez la course d'ici.

D'AVENAY.

Grand enfant ! Tu ne changeras donc jamais ?

FORTUNIEN, *se levant.*

Jamais, jamais. — Taquiner, c'est mon seul plaisir. — Ainsi, quand une femme semble me voir d'un œil assez bienveillant, je la fuis. — Quand une femme me fuit, je cours après elle. Si je m'aperçois que décidément je lui suis antipathique, oh ! alors, je ne la quitte plus : elle me retrouve partout, aux bals, aux promenades, aux spectacles ; je l'accable de lettres, de bouquets, de cadeaux ; je joue de la guitare sous son balcon. — Pour se débarrasser de moi, il est de toute nécessité qu'elle m'aime, qu'elle s'expatrie, ou qu'elle me fasse assassiner.

DE MÉRIEL, *riant.*

Mais sais-tu, qu'en effet, cela pourrait te jouer un mauvais tour un de ces matins.

FORTUNIEN.

Parbleu ! je m'y attends bien. Et d'ailleurs, cela m'en a joué déjà bon nombre. — D'abord, cela m'a coûté un héritage considérable : celui d'une vieille tante bossue qui m'a jeté à la porte parce que je taquinais son chien..... depuis treize ans.

DE MÉRIEL, riant.

Tu es fou !

JEAN, rentrant une lettre à la main.

Une lettre pour monsieur.

Il la remet à d'Avenay.

D'AVENAY, qui a brisé le cachet, à de Mériel.

Ah ! c'est de Maxime... (Parcourant la lettre.) Il connaît la retraite de madame d'Alizy.

D'Avenay et de Mériel viennent en scène.

DE MÉRIEL.

Bah !...

D'AVENAY.

Elle est à Nice, chez sa sœur. — Oh ! je veux la rejoindre, je la rejoindrai... Je partirai... demain matin. Jean, vous ferez tout préparer pour ce voyage.

Jean se retire.

FORTUNIEN, debout à la cheminée.

Comment !... là, sérieusement, tu vas courir après cette dame?... Quelle singulière idée !

D'AVENAY, riant.

Oh ! toi, tu peux parler : je ne t'écoute pas.

Il passe à gauche.

FORTUNIEN, allant à lui.

Tu m'entendras toujours, et tu ne nous quitteras pas; tu ne peux pas nous quitter à l'heure où les orchestres résonnent, où les raouts foisonnent, où la question d'Orient elle-même, quand le soleil est couché, cède le pas à la mazourke et au cotillon; et enfin, ce n'est pas au moment où l'on organise des fêtes au profit du malheur que ta charité peut se mettre en voyage.

D'AVENAY.

Tu prêches dans le désert.

FORTUNIEN.

Ah! ne me pousse pas à bout, je te fais arrêter à la frontière. — C'est bien assez de transfuges comme cela; c'est-à-dire que si ça continue, nous allons demeurer tout seuls à Paris, de Mériel et moi ; car voici déjà notre brillante colonie russe qui prend sa feuille de route pour la Belgique, où elle va attendre les événements. Mais ce départ est motivé, du moins; tandis que le tien... D'abord, madame d'Alizy est une beauté très-ordinaire....

D'AVENAY, riant.

Va, va, tu es dans ton rôle.

FORTUNIEN, appuyé sur la table.

Mais je parle très-sérieusement. De plus, c'est une coquette, une femme sans cœur...

D'AVENAY, riant.

Fortunien, est-ce que tu chercherais une affaire ?

FORTUNIEN.

Avec toi ? pas si sot ; tu gagnerais ton pari.

D'AVENAY.

Quel pari ?

FORTUNIEN.

Celui que tu fis l'an dernier à pareille époque, jour pour jour.

D'AVENAY, riant.

Ah! oui, je sais.

FORTUNIEN.

Oui, cher, oui. Le 5 février 1853, à minuit sonnant, tu as parié que le 5 février 1854 tu aurais eu six affaires d'honneur; tu n'en as eu que cinq, et ce soir, à minuit, tu auras perdu.

D'AVENAY, riant sous cape.

En tout cas, j'ai encore douze heures devant moi.

FORTUNIEN.

Ta, ta, ta, ta, les affaires d'honneur, après tout, ne poussent pas sur le pavé de Paris comme les fausses nouvelles sur le parquet de la Bourse. — Me battre avec toi? J'aimerais mieux te faire des excuses et une rente viagère. (Regardant à sa montre.) Ah! diable! mais je bavarde ici, et je vais manquer la course, moi; je me sauve! N'oublie pas que nous dînons tous chez toi. Ah! à propos, tu as invité Volnay, n'est-ce pas?

D'AVENAY.

Oui.

FORTUNIEN.

Bon. Je le ferai enrager; je lui parlerai de sa femme. (Revenant encore.) Ah! dis donc! Est-ce que cela te taquinerait que je ne vinsse pas diner?

D'AVENAY, riant.

Non, au contraire.

FORTUNIEN.

Alors, tu peux compter sur moi, je viendrai.

Il sort par le fond.

DE MÉRIEL.

Raoul ne revient pas; je vais te chercher un témoin. A bientôt!

D'AVENAY.

A bientôt!

Il sonne. — De Mériel s'éloigne par la gauche, où Jean parait en même temps.

SCÈNE IV

D'AVENAY, JEAN.

D'AVENAY, assis sur le canapé.

Jean, donnez-moi une tasse de thé... quelque chose... (Jean se met en devoir d'obéir.) Ah! je m'ennuie prodigieusement! J'entends dire de tous côtés que la vie est courte; moi, je la trouve démesurément longue! Aussi, ne suis-je plus étonné que quelques sages esprits y fassent parfois des coupures. (Jean éteint les bougies et lève le store de la glace sans tain.) Jean, je n'ai plus besoin de vous; vous pouvez vous retirer.

Jean sort.

C'est étrange! je suis fatigué. — Toutes ces nuits passées en fêtes... Jadis, je n'y pensais pas, mais depuis quelque temps... C'est peut-être que cela ne m'amuse plus comme autrefois. — Oui, à la longue, cela devient comme une tâche, comme un exercice machinal auquel l'imagination ne prend plus aucune part. (Il trouve un petit miroir sous sa main.) Un miroir!... Sotte invention, et qui n'est bonne qu'à vous révéler des choses qu'on n'a pas besoin de savoir : la trace des veilles, des passions mauvaises... l'ombre d'une ride... quelques cheveux qui se décolorent...

Tout en parlant, ses yeux se sont fermés... Il a laissé tomber le miroir et s'est endormi.

SCÈNE V

D'AVENAY, endormi, ADRIENNE, JEAN.

JEAN, comme répondant à une question.

Monsieur le comte, mademoiselle? il doit être encore dans ce salon.

ADRIENNE, le congédiant.

Merci.

Jean s'en va.

ADRIENNE se débarrasse de sa pelisse, qu'elle jette sur le pouff, et court à d'Avenay, gaiement.

Me voilà, moi!... (Étonnée.) Tiens, il dort... (Le contemplant.) Le voilà donc, ce méchant qui n'est pas venu me voir depuis si longtemps!... cet ingrat qui me donne si rarement de ses nouvelles!

D'AVENAY, rêvant.

Adrienne!...

ADRIENNE.

Il pense à moi! Oh! que je suis contente!...

Elle se penche par-dessus le canapé et embrasse d'Avenay.

D'AVENAY, se levant vivement et avec un cri d'étonnement.

Adrienne!... mon enfant!... ma fille!... C'est toi?...

ADRIENNE.

Mais oui, c'est moi, cher petit père! Tu ne m'attendais pas, dis?...

D'AVENAY, embarrassé.

Non, non, en effet. (A part, se souvenant.) Bonté divine! Pourvu que..... (Il sonne précipitamment; Jean paraît.) Je n'y suis pour personne, pour personne, entendez-vous!... (A demi-voix.) Excepté pour M. de Mériel.

JEAN.

Oui, monsieur...

Il sort par le fond, dont il ferme la porte.

D'AVENAY, revenant vers Adrienne.

Ah! chère petite!... En vérité, je crois rêver...

ADRIENNE.

Oh! mais, tu ne rêves plus....

D'AVENAY, inquiet.

Comment? est-ce que?...

ADRIENNE.

Tu rêvais tout à l'heure de moi.

D'AVENAY, respirant.

Ah!...

ADRIENNE.

Est-ce que cela ne t'arrive pas souvent?...

D'AVENAY.

Si fait. — Toujours... (Lui prenant les mains et l'admirant.) Mais comme tu es embellie!

ADRIENNE, avec reproche.

Dame. — Depuis le temps!...

D'AVENAY, l'embrassant.

Pardonne-moi!... Ah çà, mais, comment se fait-il?...

Il s'assied sur le fauteuil près de la table.

ADRIENNE.

Ah! c'est une histoire terrible! va!...

D'AVENAY.

Tu m'effraies.

ADRIENNE.

Il y a bien de quoi. — Vois plutôt. (Elle s'assied sur le genou droit de son père.) — Imagine-toi qu'hier soir, nous venions de nous coucher; toutes mes compagnes étaient endormies...

D'AVENAY.

Et toi?...

ADRIENNE.

Moi, je veillais encore. J'étais inquiète, tourmentée!

D'AVENAY.

De quoi donc?...

ADRIENNE.

Je pensais à vous, monsieur. Je me disais : Mais il ne se souvient donc plus qu'il a une fille?... Dire que voilà dix mois et onze jours qu'il n'est venu me voir, et bientôt trois mois qu'il ne m'a écrit!

D'AVENAY, avec chagrin.

Pauvre petite!... Mais... tu comprends?... Les tracas, les affaires; mais revenons....

ADRIENNE.

C'est juste. — Tandis que je faisais mes réflexions, le sommeil avait fini par s'emparer de moi tout doucement, — et il y avait peut-être une heure que j'étais endormie, quand tout à coup je fus réveillée en sursaut par ce cri effrayant : Au feu!

Elle se lève.

D'AVENAY.

Est-il possible?...

ADRIENNE.

Je me jette à bas de mon lit, j'appelle mes compagnes, puis, j'ouvre la fenêtre, et je vois une grande flamme qui s'élevait du rez-de-chaussée, au-dessous de notre dortoir.

D'AVENAY, effrayé et se levant.

Grand Dieu!

ADRIENNE.

J'ai encore la présence d'esprit de passer mon uniforme, moi. — Mais mes compagnes, elles, s'enveloppent dans leurs couvertures et se mettent toutes à courir comme des folles, se heurtant les unes contre les autres. — Alors, dame, leur effroi me gagne, et je perds la tête à mon tour. — Sans savoir ce que je faisais, je prends une carafe pleine d'eau, et je la vide par la fenêtre. — Ça ne fait rien du tout. — L'incendie redouble. — On avait beau nous crier : Alerte ! alerte ! sauvez-vous! nous n'osions pas sortir. Par bonheur, beaucoup de gens sont accourus, et bientôt nous nous sommes trouvées toutes réunies dans le jardin....

D'AVENAY, l'embrassant.

Ah ! ma pauvre petite Adrienne...

ADRIENNE.

Oh ! je n'ai eu aucun mal, et les autres non plus. Mais je t'assure que nous l'avons échappé belle.

D'AVENAY, à part.

Oh ! mon Dieu !... et dire qu'à ce moment, moi ici, je... Ah ! c'est indigne...

ADRIENNE.

Mais ce n'est pas tout. (Gaiement.) Il a été impossible d'arrêter les progrès du feu. Le couvent a été entièrement consumé avec tout ce qu'il contenait : mon piano, mes toilettes, mon trousseau, j'ai vu tout cela s'en aller en fumée. (Riant.) C'est maintenant dans les nuages. Du reste, mes amies n'ont pas été plus favorisées que moi, au contraire, et elles ont dû partir avec des habits d'emprunt. Moi j'ai eu cette vieille pelisse en partage. Nous avons fait notre toilette tant bien que mal, on nous a jetées en wagon, et me voilà.

D'AVENAY, l'imitant.

Et te voilà, toi, et tu me racontes tous ces désastres le plus gaiement du monde. — Cela te fait rire?

ADRIENNE.

Certainement. — Pendant le sinistre je n'avais qu'une pensée, moi, en voyant les bâtiments s'écrouler. — Bon! me disais-je, il n'en restera pas pierre sur pierre; il faudra en construire d'autres, ce sera long, et d'ici là, j'aurai le temps de voir et d'embrasser mon père.

D'AVENAY.

Vrai?... C'était là ta pensée?

ADRIENNE.

Oui. Aussi, comme il n'y avait plus de danger pour personne, je n'avais nulle envie de pleurer, je te jure; d'abord, avant de fuir, j'avais pu sauver le portrait de maman.

D'AVENAY.

Chère Adrienne! oh! embrasse-moi encore!

ADRIENNE, l'embrassant.

Toute la journée si tu veux. — Tu es donc content que je vienne vivre près de toi.

D'AVENAY.

Mais oui.

ADRIENNE.

Je ne te quitterai pas d'un instant, je te suivrai partout.

D'AVENAY, s'oubliant.

Oui, oui, par... (A part.) Partout? Ah! diable, non.

Il s'assied sur le canapé.

ADRIENNE, debout près de lui.

C'est moi qui vais m'enivrer d'harmonie, car je viens au bon moment. — Je le sais. — Oh! les bruits de la ville nous arrivaient très-régulièrement au travers des grilles du parloir. — Ainsi je sais que j'ai manqué une belle solennité musicale à Saint-Thomas d'Aquin, à l'occasion de la fête de saint François de Sales.

D'AVENAY.

Ah! c'était la fête de...

ADRIENNE.

Oui, une messe à trois voix avec accompagnement d'orgue. Si le feu avait pris un peu plus tôt, pourtant...

D'AVENAY.

Ah! oui. — Enfin, ce sera pour l'année prochaine...

ADRIENNE.

Oh! mais il nous reste des dédommagements. — Voici le carême qui approche, il y aura des concerts spirituels à la salle Sainte-Cécile, au Jardin d'Hiver et ailleurs.... — Nous n'en manquerons pas un, n'est-ce pas?...

D'AVENAY, un peu inquiet.

Parbleu!

ADRIENNE. (Elle s'assied près de la cheminée, en face de d'Avenay.)

Ah! dis donc, papa, j'ai appris aussi que M. Lacombe... M. Louis Lacombe, qui tenait le piano, il y a deux ans, à la distribution des prix, tu sais bien?...

D'AVENAY.

Comment donc!... Je crois encore l'entendre... Lacombe!... Louis Lacombe!...

ADRIENNE.

Eh bien, il paraît qu'il a des succès magnifiques à Leipsick.

D'AVENAY, effrayé.

Est-ce que tu veux aller à Leipsick?

ADRIENNE.

Oh! non. Mais excepté là, je veux aller partout : aux concerts des jeunes artistes, chez Pleyel, au Conservatoire surtout, car on promet pour la semaine prochaine les morceaux de symphonie de Mendelssohn sur le *Songe d'une nuit d'été*. — Tu m'y mèneras, n'est-ce pas? (Apercevant des livres au fond, à droite.) Oh! les beaux livres!

Elle va pour voir la bibliothèque.

D'AVENAY, courant la fermer.

Tu n'y comprendrais rien... c'est du grec.

ADRIENNE, un genou sur le canapé.

Ah! il faudra aussi que tu m'achètes de la musique, car la mienne est en cendres comme le piano. De la musique des grands maîtres.

D'AVENAY (Riant).

Oh! tu n'en manqueras pas ici. — Ils y sont tous. — Beethoven, Mozart, Gluck, Haydn, Donizetti, Paul Henrion, il y en a dans tous les coins : on marche dessus.

ADRIENNE.

Quel bonheur!... et puis, tu me mèneras chez Susse, chez Barbedienne, dans tous les magasins...

D'AVENAY.

C'est entendu.

ADRIENNE.

D'abord, tu me dois mes étrennes.

D'AVENAY.

Ah! tes étrennes... oui, oui.

ADRIENNE, courant aux tableaux, au fond à gauche.

Oh! le joli tableau!... Qu'est-ce que c'est, dis, papa?

D'AVENAY, la devançant.

C'est du chinois.

Il retourne le tableau.

ADRIENNE.

Ah! il y a des peintres chinois.

D'AVENAY, la tenant dans ses bras et l'amenant en scène.

On ne voit plus que de ça.

ADRIENNE.

Tu me feras voir aussi les élèves de Mlle Vandermeersch, des oiseaux savants, mais très-savants, à ce qu'il paraît.

D'AVENAY.

Je crois bien. Il y a un serin qui traduit le Coran; non, un chardonneret. (A part.) Eh bien, voilà une jolie petite fin d'hiver qui se prépare pour moi!

ADRIENNE.

Pour aujourd'hui, tu me feras visiter notre hôtel dans tous ses détails. Il m'a paru magnifique et bien plus gai que notre couvent.

D'AVENAY.

Oh! c'est un autre genre.

ADRIENNE.

Ce salon tout seul donne d'ailleurs une idée du reste; ces dorures, ces meubles.... Voyons, s'il est bon, ton piano... (Elle le touche un instant.) Oh! les jolies petites statues?...

D'AVENAY, prenant les statuettes sur le piano.

Laisse donc!... elles sont affreuses.

Il en jette deux ou trois par la fenêtre.

ADRIENNE, avec regret.

Oh! je voulais voir le cygne...

D'AVENAY.

Ce n'est pas un cygne, c'est un canard.

ADRIENNE, regardant autour d'elle et remarquant le désordre du salon.

Ah! par exemple!... on voit bien qu'il manque une femme ici.... Quel désordre!.. (Apercevant le voile à droite.) Tiens! qu'est-ce que c'est donc que cela?... un voile!

D'AVENAY.

C'est un voile... c'est mon voile.

ADRIENNE.

A toi?... Tu portes un voile?

D'AVENAY.

Oui, à cheval... c'est la mode aujourd'hui... Aux dernières courses de Chantilly tous les cavaliers en avaient.

ADRIENNE, avisant la couronne.

Oh! la jolie couronne! D'où vient-elle?

D'AVENAY.

Des... des Açores, c'est un souvenir des Açores, un cadeau d'un voyageur qui arrive de l'océan Atlantique.

ADRIENNE.

Oh! je vais l'essayer!

Elle va la placer sur sa tête.

D'AVENAY, la lui arrachant.

Ne la mets pas sur ton front, Adrienne!

ADRIENNE.

Pourquoi donc?

D'AVENAY.

Ces fleurs sont empoisonnées.

Il jette la couronne au feu.

ADRIENNE, *reculant.*

Ah! allons, décidément je renonce à faire l'inventaire de ton mobilier.

D'AVENAY.

Oui, va, tu as à t'occuper de choses plus importantes... d'ailleurs; de ton trousseau, par exemple.

ADRIENNE.

C'est vrai. Oh! je manque de tout, d'abord.

D'AVENAY.

Eh bien, on va te conduire dans l'appartement que je te destine... Tu verras s'il te convient; puis tu feras la liste de ce qu'il te faut, nécessaire et superflu, et nous enverrons Jean battre tout Paris et les magasins.

Il sonne.

ADRIENNE, *prenant une brochure sur la table.*

Et voilà pour m'aider à te faire dépenser beaucoup d'argent... le *Journal des modes*... Petit père, pour mes étrennes tu devrais bien me donner une toute petite femme de chambre.

D'AVENAY.

Je t'en ferai acheter une.

ADRIENNE.

Tiens! tu es bien gentil!

Elle lui saute au cou et l'embrasse.

SCÈNE VI

JEAN, ADRIENNE, D'AVENAY.

JEAN, entrant étourdiment.

Monsieur... C'est M. d'Illoy...

Il se détourne par discrétion.

D'AVENAY, qui a remarqué le mouvement, à Jean, d'un ton où perce la colère.

Monsieur Jean !

JEAN.

Monsieur le comte !

D'AVENAY.

Conduisez au petit pavillon mademoiselle d'Avenay, ma fille...

JEAN, à part, étonné.

Mademoiselle d'Avenay !

ADRIENNE.

A bientôt, petit père.

D'AVENAY.

A bientôt, chère enfaut.

JEAN, à part.

Mademoiselle d'Avenay !

ADRIENNE.

Venez vite, Jean.

JEAN, respectueux jusqu'à l'exagération.

Je suis aux ordres de mademoiselle... (Adrienne sort la première par le côté droit, que lui a indiqué d'Avenay. — Jean, à part.) Ce que c'est pourtant ! dire que j'aurais pu lui manquer de respect !

Il sort derrière Adrienne, Fortunien parait au fond tout aussitôt.

SCÈNE VII

FORTUNIEN, D'AVENAY.

FORTUNIEN.

Allez-vous-en à tous les diables!

D'AVENAY.

Au diable l'importun!

FORTUNIEN *entre en riant aux éclats.*

Ah! ah! ah!... (*S'interrompant.*) Ah! cher ami, on me refusait ta porte; mais j'ai forcé la consigne... J'avais besoin de parler à quelqu'un de mon steeple-chase, où tout s'est passé comme je l'avais prévu. Ah! ah! ah! mon cher ami, je ris comme cela depuis l'avenue de Longchamps.

D'AVENAY.

C'est donc bien gai?

FORTUNIEN.

Je n'en sais rien. Le signal donné, *Marocain*, à Marguerite, est parti, bien entendu, à fond de train, et *Lady Born*, au contraire... tu sais?... (*Imitant le pas de danse.*) Une, deux, une, deux!... Oh! elle ne pressait pas le mouvement, va!... Juliette avait beau s'escrimer de la cravache et de l'éperon, c'était toujours une, deux! une, deux! tandis que tout debout, derrière mon tilbury, du haut duquel j'assistais, en compagnie de Michel Kéwitch, à cette lutte inégale, mon petit groom, d'après mes ordres, accompagnait le pas en question avec un tambour de basque!... Il y avait cinq cents personnes autour de nous; la circulation était interdite; la police commençait à s'en mêler. — Rouge de colère et comprenant enfin d'où partait le coup, Juliette a sauté à bas de cheval et s'est élancée vers moi la cravache haute; alors j'ai tourné bride et j'ai fui en toute hâte la vengeance de la terrible amazone. *Lady Born* danse encore. (*A d'Avenay, qui l'écoute à peine.*) Comment, tu ne ris pas?

D'AVENAY.

Excuse-moi; mais d'abord ton histoire n'est pas drôle.

Il s'assied sur le canapé.

FORTUNIEN.

Ah! elle n'est pas?... En veux-tu une autre? (Il va à la cheminée.) Notre ami Michel Kéwitch est amoureux fou de la belle Antonia, la maîtresse de ce Brésilien, tu sais?

D'AVENAY.

Ah!

FORTUNIEN.

Eh bien! pour le piquer au jeu, je lui ai fait accroire qu'Antonia avait eu des aïeux égorgés par les Cosaques, et qu'elle détestait tous les Russes en général et lui en particulier. Il est comme un crin, et il a juré de l'emmener esclave en Sibérie. Il doit se présenter tantôt chez elle.

D'AVENAY, à part, se levant et passant à gauche.

Tantôt? Oh! j'y serai avant lui... Mais le pourrai-je?... avec Adrienne qui... Ah! mon Dieu! et ce dîner! il faut le contremander. (Haut.) Fortunien, veux-tu me rendre un service?

FORTUNIEN, venant à lui.

Parbleu!

D'AVENAY.

Eh bien, va chez tous ceux de nos amis qui soupaient cette nuit ici, et dis-leur que notre dîner ne peut avoir lieu, que je ne suis pas libre.... qu'une affaire importante...

FORTUNIEN.

Oui, enfin, un mensonge! je te trouverai cela. Tu peux compter sur moi... Je pars.

D'AVENAY.

As-tu ta voiture?

FORTUNIEN.

Non; Kéwitch l'a gardée.

D'AVENAY.

Eh bien, prends la mienne, elle est en bas.

FORTUNIEN.

C'est entendu. (Reprenant sa gaieté.) Ah! ah! ah! cette pauvre Juliette! (A de Mériel, qui est entré.) Ah! ma foi! cher ami, tu as perdu, mais Paul te contera cela.

Il sort par le fond.

SCÈNE VIII

D'AVENAY, DE MÉRIEL.

DE MÉRIEL, quand Fortunien a disparu.

Eh bien, mon cher ami, l'affaire est faite; j'ai ton témoin.

D'AVENAY, passant à droite.

Tais-toi!

DE MÉRIEL.

Qu'y a-t-il donc?

D'AVENAY.

Rien.

DE MÉRIEL.

Qui donc peut nous entendre?

D'AVENAY.

Qui?... Eh bien! ma fille!

DE MÉRIEL.

Hein? ta fille? dis-tu... Toi, tu es père?

D'AVENAY.

Mais, oui, mon ami, je suis père... Père et... veuf.

DE MÉRIEL.

Tu as été marié?

D'AVENAY.

Tout ce qu'il y a de plus marié.

DE MÉRIEL.

Mais raconte-moi donc...

Il s'assied sur le fauteuil à côté du piano.

D'AVENAY, s'asseyant sur le pouff.

Oui, mon cher, et à une femme charmante!... un pauvre ange qui s'est envolé trop tôt; car, veuf à vingt-sept ans, et par-dessus le marché maître d'une immense fortune, je devais fatalement faire ce que j'ai fait.

DE MÉRIEL.

Comment?

D'AVENAY.

Eh! sans doute. Il faut, dit-on, que jeunesse se passe; et malheureusement la mienne a commencé à l'âge où elle aurait dû finir. Afin de rattraper le temps perdu, j'ai beaucoup couru.

DE MÉRIEL.

Tu cours même encore.

D'AVENAY.

Et, je l'avoue à ma honte, j'avais presque oublié que j'étais père, et père d'une grande fille de seize ans, bientôt bonne à marier.

DE MÉRIEL.

Tu as une fille de seize ans, toi? Mais quel âge as-tu donc?

D'AVENAY.

Est-ce que je le sais? Mais le fait est que cette chère petite vient de tomber tout à coup dans ma vie... irrégulière.

DE MÉRIEL, riant.

Soyons polis...

D'AVENAY.

Et que pour elle il va me falloir rompre avec mes habitudes joyeuses, mener une vie patriarcale, entendre des messes en musique, et donner enfin au monde le spectacle de toutes les vertus.

DE MÉRIEL.

Ah! le fait est que c'est cruel.

D'AVENAY, se levant.

J'ai déjà eu tout à l'heure un assaut terrible à livrer à la fureteuse indiscrétion d'Adrienne.

DE MÉRIEL, se levant.

Ah! elle se nomme Adrienne?

D'AVENAY.

Ces lieux, tout remplis de souvenirs profanes, il m'a fallu les purifier à l'improviste; juge un peu, mets-toi à ma place.

DE MÉRIEL.

Non, merci. Je ne me sens nulle vocation pour l'emploi des pères nobles, attendu, d'ailleurs, que pour y réussir honorablement il faut débuter d'abord dans l'emploi des maris; à vingt ans, peut-être eussé-je pu y faire mon chemin tout comme un autre; mais aujourd'hui, il serait trop tard, et, je le vois bien, cette carrière-là m'est fermée... oui, fermée, car la satiété a brisé chez moi le prisme des honnêtes désirs; et quant à mon cœur, il finit de sécher tranquillement entre deux pages de Voltaire.

D'AVENAY.

C'est tout bonnement stupide, ce que tu me débites là. — Comment? enfant que tu es, lorsqu'à peine entré dans la vie...

DE MÉRIEL, riant et déclamant.

O père de famille! ô poëte! je t'aime!...

D'AVENAY.

Mais...

DE MÉRIEL.

Eh! mon ami, il ne s'agit pas de prêcher de paroles, c'est d'exemple qu'il faut prêcher.

D'AVENAY, passant à gauche.

C'est vrai. — Oh! je suis littéralement sur des charbons ardents! Si cette tapageuse de Silvia ou quelque autre de nos folles commensales venait s'abattre ici, juge donc. — Oh!... Antonia ici, Laure là-bas, Adrienne entre toutes deux, et puis Mendelssohn, les oiseaux savants... Ah! j'en deviendrai fou!

DE MÉRIEL, riant.

Allons, calme-toi.

D'AVENAY.

Oh! si tu la voyais mon Adrienne!... Mais au fait tu la verras, tu vas la voir.

DE MÉRIEL, vivement.

Non pas.

D'AVENAY.

Pourquoi?

DE MÉRIEL.

Ce ne serait pas prudent.

D'AVENAY.

Tu craindrais de l'aimer?

DE MÉRIEL.

Non, c'est le contraire que je craindrais.

D'AVENAY.

Triple fat!

DE MÉRIEL.

Ce n'est pas de la fatuité, c'est de l'expérience; j'ai remarqué que les cœurs les plus purs et les plus croyants volaient toujours vers les cœurs les plus troublés et les plus impies!... sans doute dans l'espoir de les convertir; non, vois-tu, il y a du missionnaire dans l'amour. — Je ne verrai donc pas ta fille.

D'AVENAY.

Au fait, j'aime mieux cela; aussi bien j'ai l'intention de rompre avec vous tous... pervertis... et d'emmener bien loin mon Adrienne, ma fille. (Avec amour.) Ma fille!... comme ce mot-là m'est doux à prononcer!

DE MÉRIEL, riant.

Allons! allons!... je vois que tu te feras très-bien à ton rôle de père.

D'AVENAY.

Mais, je le crois. — Tiens, je brûle de la revoir!... Va-t'en, hein?

DE MÉRIEL, riant.

Patience!... je m'en irai quand tu n'auras plus besoin de moi.

JEAN, entrant au fond.

Trois messieurs viennent d'arriver; l'un d'eux demande M. de Mériel.

D'AVENAY, se souvenant.

Ah!

DE MÉRIEL, à Jean.

Faites entrer ces messieurs dans le petit salon.

D'AVENAY, un peu troublé et passant à droite.

En vérité, j'avais oublié cette sotte histoire.

DE MÉRIEL.

Sotte, dis-tu?... Ah!... pardieu!... c'est la première fois que tu manques de galanterie avec une affaire d'honneur. Allons, allons, bats-toi encore aujourd'hui, tu gagneras ton pari, et nous te canoniserons demain. Je vais rejoindre ces messieurs. Quant aux conditions du combat...

Adrienne paraît.

SCÈNE IX

DE MERIEL, D'AVENAY, ADRIENNE.

D'AVENAY, bas.

Ma fille! silence... Fais ce que tu voudras.

DE MÉRIEL, saluant.

Mademoiselle!

ADRIENNE, de même.

Monsieur!

DE MÉRIEL, bas à d'Avenay et en riant.

C'était écrit... Par bonheur, elle ne m'a vu que de trois quarts.

Il salue de nouveau et sort par le fond.

SCÈNE X

D'AVENAY, ADRIENNE.

ADRIENNE, regardant sortir de Mériel et s'appuyant d'une main sur la table.

Quel est ce monsieur, petit père?

D'AVENAY, un peu inquiet.

Un de mes vieux amis.

ADRIENNE, souriant.

Oh! oh! vieux!...

D'AVENAY.

Je veux dire un de mes plus anciens amis.

ADRIENNE.

Il est très-bien! Oh! mais... très-bien!

D'AVENAY.

Ah! tu trouves que... (A part.) Est-ce que le coquin aurait eu raison? Demain je le consigne.

ADRIENNE.

Dis donc, père, je viens de voir arriver trois grands messieurs tout de noir habillés... Est-ce que ce sont des notaires?

D'AVENAY.

Des notaires?... Oui! ils ont à parler à de Mériel.

ADRIENNE, venant à d'Avenay.

Je te dirai que j'ai visité mon pavillon du haut en bas; j'y serai très-bien. Ah! je te dirai aussi que j'ai fait ma liste, comme tu me l'avais recommandé: la voilà. Je n'aurai plus besoin de rien avant six mois.

D'AVENAY.

Vraiment?

ADRIENNE.

Ah! il faut aller à l'économie.

D'AVENAY, l'admirant.

Elle est charmante!... Et dire que c'est ma fille!... Sais-tu que tu me ressembles?

ADRIENNE.

Moi?... Oh! vous avez bien de l'amour-propre.

D'AVENAY.

Plaît-il?

ADRIENNE.

C'est pour rire, va; tu es très-bien.

D'AVENAY.

Comme ce monsieur?

ADRIENNE.

Presque mieux.

D'AVENAY, riant.

Attrape, de Mériel!

ADRIENNE.

Et quand nous nous promènerons au bois, que notre calèche nous suivra au pas, et que je serai à ton bras, comme ceci, parole d'honneur, je serai fière de toi!

D'AVENAY.

Cher petit démon!

ADRIENNE.

Que dis-tu?

D'AVENAY, avec amour.

Je dis... je dis que tu m'as déjà ensorcelé et que je n'avais pas éprouvé depuis bien longtemps un sentiment aussi doux que celui qui remplit aujourd'hui mon cœur.

ADRIENNE.

C'est gentil ce que tu me dis là. Mais ce sentiment-là, s'il y a longtemps que tu ne l'as éprouvé, entre nous, c'est bien ta faute.

D'AVENAY.

Ne gronde plus.

ADRIENNE.

Non, non; c'est fini! Mais tu ne le feras plus?

D'AVENAY.

Plus jamais, je te le jure. D'ailleurs, tu ne retourneras pas au couvent.

ADRIENNE.

Oh! non.

D'AVENAY.

Tu es une grande demoiselle maintenant; tu as seize ans, tu es bientôt en âge d'être mariée.

Il s'assied sur le fauteuil à côté du piano.

ADRIENNE.

Oh! cela ne presse pas.

D'AVENAY.

Soit. Mais, cependant...

ADRIENNE.

Vous avez donc bien hâte de vous débarrasser encore de moi?

D'AVENAY.

Par exemple! Mais nous ne nous quitterions pas pour cela; nous pourrions vivre tous ensemble... (*Avec un peu d'embarras pour ce qui suit.*) L'hôtel est assez grand... même... pour deux ménages...

ADRIENNE.

Pour deux ménages! Que veux-tu dire?

D'AVENAY.

Je veux dire que... si... quelque jour... je me décidais, par hasard, à me... remarier...

ADRIENNE.

Est-ce que tu y as songé?

D'AVENAY.

Peut-être.

ADRIENNE.

Ah!

D'AVENAY.

Est-ce que cela te fâche?

ADRIENNE.

Non; mais...

D'AVENAY.

Mais?

ADRIENNE.

Rien. Et... dis-moi, père... as-tu déja jeté les yeux sur quelqu'un?

D'AVENAY.

Oui, je te l'avoue... J'avais jeté les yeux sur une personne une jeune veuve pleine de distinction, de qualités...

ADRIENNE, *boudant.*

Ah! c'est fâcheux.

D'AVENAY.

Que cette dame ait des qualités?

ADRIENNE.

Non. Continue.

D'AVENAY.

On ne lui reproche qu'un petit défaut...

ADRIENNE, s'asseyant vivement sur le pouff.

Un défaut! lequel?

D'AVENAY.

Celui d'aimer un peu trop le monde, qui, du reste, le lui rend bien; car elle y est recherchée, adulée!...

ADRIENNE.

Et c'est cette personne-là que... Quel âge a-t-elle?

D'AVENAY.

Vingt-quatre ans.

ADRIENNE.

Et... elle se nomme?

D'AVENAY.

Madame d'Alizy.

ADRIENNE, joyeuse.

Madame d'Alizy! oh! je la connais.

D'AVENAY.

Tu la connais?

ADRIENNE.

Oui. Cette dame est venue plusieurs fois au couvent pour voir une de mes compagnes... qui ne pouvait pas la souffrir.

D'AVENAY.

Et pourquoi?

ADRIENNE.

Parce qu'elle la jugeait ce que nous l'avions toutes jugée nous-mêmes, c'est-à-dire impérieuse, hautaine, et d'une coquetterie!... Crois-moi, petit père, ce n'est pas la femme qu'il te faut.

D'AVENAY.

Voyez-vous cela!

ADRIENNE.

Tu ne serais pas heureux avec elle.

D'AVENAY.

En vérité?

ADRIENNE.

Si tu tiens absolument à te remarier, je te marierai, moi!

D'AVENAY.

Toi? Ah! ah! ah!

ADRIENNE.

Ne ris pas; c'est un projet qui me préoccupe beaucoup et depuis bien longtemps. J'aurais préféré te garder pour moi toute seule; mais si tu dois prendre une femme, je veux, du moins, que tu la prennes de ma main.

D'AVENAY.

C'est entendu!

ADRIENNE.

Ne ris pas. La personne que je... te destine se nomme mademoiselle de Serney : elle a vingt-cinq ans; c'est la fille d'un général de division qui, restée orpheline, s'est trouvée réduite à la triste condition de sous-maîtresse. Tu m'écoutes bien, n'est-ce pas?

D'AVENAY, riant.

Certes!

ADRIENNE.

Ne ris pas!... C'est une personne fort jolie, très-bien élevée, et qui, depuis que je suis au couvent, a été sans cesse mon bon ange, ma providence. C'est-à-dire que, si elle était moins jeune, je dirais qu'elle a été pour moi une seconde mère... Ah! tu ne ris plus?

D'AVENAY.

Non, sans doute; mais cependant, tu m'avoueras que ce n'est pas une raison pour que... Enfin, je ne la connais pas, moi, cette demoiselle; je... je ne l'aime pas; tandis que madame d'Alizy...

ADRIENNE.

Mais puisque je te dis que tu ne serais pas heureux avec elle!...

D'AVENAY.

Tu me dis!... tu me dis!... moi je ne suis pas forcé de te croire.

ADRIENNE, se levant.

D'abord, j'aurai bien du chagrin si tu épouses cette femme-là...

D'AVENAY.

A-t-on jamais vu?

ADRIENNE, *frappant du pied.*

Je veux que tu épouses ma bonne amie.

D'AVENAY.

Ah! c'est trop fort!... Eh bien! si je voulais, moi, que tu épousasses mon bon ami le vieux référendaire, qui loge dans l'hôtel à côté?

ADRIENNE.

Ce n'est pas la même chose. Je ne te propose pas un vieux référendaire, moi.

D'AVENAY.

Mais, enfin...

ADRIENNE, *sans l'écouter et le caressant.*

Elle est si bonne, ma Gabrielle!...

D'AVENAY.

Je ne dis pas qu'elle soit méchante, mais...

ADRIENNE, *de même.*

Quand j'étais malade, elle ne me quittait pas... elle passait toutes les nuits à mon chevet.

D'AVENAY.

A ton chevet?

ADRIENNE.

Lorsqu'en comparant mon abandon au sort heureux de mes compagnes, j'avais le cœur bien gros, c'était elle qui me consolait et me rendait le courage.

D'AVENAY.

Ah!

ADRIENNE.

Les jours de grande fête, alors que toutes s'en allaient une à une avec leurs familles et que je restais seule dans ce triste couvent, c'était elle qui venait s'asseoir auprès de moi sur le banc solitaire où je pleurais tout bas, et c'étaient ses baisers qui essuyaient mes larmes.

D'AVENAY, *ému.*

Vraiment?

ADRIENNE.

Et enfin, quand je t'accusais, c'était elle encore qui te défendait. Ah! tiens, tu es un ingrat!

Elle descend en scène.

D'AVENAY, se levant et la prenant dans ses bras.

Gabrielle! (Se reprenant.) Adrienne!

ADRIENNE, vivement.

Ah! tiens, tu l'aimes déjà; car déjà tu nous confonds toutes deux.

D'AVENAY.

Il est certain que... c'est un bon cœur; mais enfin... cependant...

ADRIENNE.

Oh! dis-moi que tu l'aimeras?... Si tu étais son mari, je ne la quitterais plus jamais; et, d'abord, vois-tu, je ne pourrais pas plus vivre loin d'elle que loin de toi. Je mourrais de chagrin.

D'AVENAY.

Mourir! toi! Veux-tu te taire, méchante enfant!

ADRIENNE.

A quand le mariage?

D'AVENAY, passant à droite.

A quand? à quand? Mais que diable! ça ne s'est jamais vu cela! Ce ne sont pas les filles qui marient leurs pères, ça ne se fait pas, mademoiselle!

ADRIENNE.

Bah! pour une petite fois...

D'AVENAY.

Il faut au moins que je la voie.

ADRIENNE.

Tu la verras.

D'AVENAY.

Ah! tu y consens? c'est encore heureux. Et puis, faut-il encore... que ma personne....

ADRIENNE.

Oh! elle te connaît, et je te réponds de son consentement.

D'AVENAY.

Ah! il paraît que l'affaire est en bon chemin?

ADRIENNE.

Elle est plus d'à moitié faite. Gabrielle, en quittant les décombres, s'est retirée chez une vieille tante... Je t'y conduirai.

D'AVENAY.

Et tu feras la demande?

ADRIENNE.

Et je ferai la demande.

D'AVENAY.

Alors, comme cela, décidément, ma vie ne m'appartient plus?

ADRIENNE.

On ne doit pas vivre pour soi, monsieur.

D'AVENAY.

Eh bien! voilà un précepte commode pour les autres.

ADRIENNE, l'enlaçant de ses deux bras.

Je t'aime!

D'AVENAY.

Va, va, tyran ; charge-moi de chaînes! (Il l'embrasse. A part.) Mais j'entends du bruit.

ADRIENNE, écoutant aussi.

Voilà tes notaires qui s'en vont. Ton vieil ami a peut-être à te parler?

SCÈNE XI

DE MÉRIEL, ADRIENNE, D'AVENAY.

D'AVENAY.

Oui, probablement. (A part.) Allons, les conditions du combat sont réglées.

ADRIENNE.

Qu'as-tu donc? ta main est brûlante?

D'AVENAY.

J'ai un peu de fièvre. (A part.) C'est étrange, il semblerait que les baisers de cette enfant ont endormi mon courage.

ADRIENNE.

Je te laisse, petit père. (Elle passe à droite.) Où sont, dis-tu, toutes les partitions?

D'AVENAY, montrant la droite.

Là, dans la bibliothèque.

ADRIENNE.

Je vais en choisir quelques-unes, et je reviens te faire de la musique. Tu ne sors pas?

D'AVENAY.

Non... du moins pas avant une heure. Je partirai à trois heures seulement.

ADRIENNE.

Pour longtemps?

D'AVENAY.

Non. Je l'espère, du moins.

ADRIENNE.

Et ce soir?

D'AVENAY.

Ce soir? Ah! diable! ce soir!... (Haut.) Je serai forcé de te quitter vers dix heures.

ADRIENNE.

Ah!

Elle s'en va toute triste.

D'AVENAY, courant après elle.

Eh bien! non, non, je ne sortirai pas ce soir; je ne te quitterai pas... je te le promets... si...

ADRIENNE.

Si?

D'AVENAY.

Rien. (L'embrassant presque convulsivement.) Va, va, chère petite...

Adrienne le regarde avec un peu d'étonnement et entre à droite.

SCÈNE XII

DE MÉRIEL, D'AVENAY.

D'AVENAY, à de Mériel.

Pour quelle heure?

DE MÉRIEL.

Quatre heures.

D'AVENAY, s'asseyant sur le fauteuil à droite.

Merci!

DE MÉRIEL, étonné.

Mon ami... cette émotion?

D'AVENAY.

Ah! ma foi! tu en penseras ce que tu voudras, mais, en effet, je suis ému, et très-ému... La vue de ma fille, sa présence ici... sa joie, ses projets, ses rêves... tout cela m'a profondément remué... Enfin, moque-toi de moi si tu veux, mais je t'avoue que, cette fois, je ne vais pas à un duel comme à une partie de plaisir.

DE MÉRIEL.

Mais, mon cher d'Avenay, je comprends parfaitement cela, et il n'y a certes pas là matière à railleries.

D'AVENAY.

Et enfin, je puis bien avouer un moment de faiblesse.

DE MÉRIEL.

Tu as fait assez souvent tes preuves.

D'AVENAY

Ah! oui, parbleu! des preuves! Se battre pour une fleur, pour quelque amour banal, pour l'heure qui sonne ou pour le temps qu'il fait... Oui, oui, on prouve quelque chose, à savoir que l'on est fou ou idiot. (Se levant et s'animant.) Tu comprends, de Mériel, quand au moment de risquer sa vie, et pour une grande cause encore, on laisse à son enfant une noble et courageuse mère qui doit vivre pour l'aimer, et une grande famille qui mourrait pour le défendre, on peut regarder la mort sans trembler et en souriant peut-être ; mais je n'ai personne derrière moi, personne ! et si je tombais, mais à mon dernier moment je rougirais à cette pensée qu'un jour on pourrait dire à Adrienne pour quelle cause son père l'a faite orpheline.

DE MÉRIEL.

Du calme, mon ami ; tu en as besoin.

D'AVENAY.

Oh ! parbleu ! j'en aurai là-bas, l'habitude... mais ici, je dois penser d'abord à mon enfant. Là-bas, je serai l'homme que tu connais. Ici, je suis le père que tu ne connaissais pas.

Adrienne sort de la chambre à droite.

DE MÉRIEL, bas.

Prends garde ! ta fille revient.

SCÈNE XIII

LES MÊMES, ADRIENNE.

ADRIENNE, chargée de partitions, dont quelques-unes lui échappent, et avec un petit cri.

Oh ! ça tombe ! ça tombe ! (De Mériel s'élance et la débarrasse. Adrienne riant.) Dieu ! que c'est lourd à porter la gloire. (De Mériel a placé la musique sur le piano ; il salue Adrienne et retourne auprès de d'Avenay.) Merci, monsieur ! (Disposant sa musique.) Papa, je ne vous gêne pas ?

D'AVENAY, qui rêvait.

Non, non, mon enfant.

ADRIENNE.

D'ailleurs, je ne vous entendrai pas. (Riant.) Vous ne vous entendrez pas vous-mêmes.

Elle prélude très-bruyamment. Motif très-gai. Puis continue pianissimo. — Tout ce qui suit entre d'Avenay et de Mériel doit être dit très-vite et à voix basse.

D'AVENAY, comme s'il venait de prendre une grande détermination.

Écoute, mon ami. Tu ne peux plus être mon témoin.

DE MÉRIEL, étonné.

Hein ?

D'AVENAY.

Il faut que je m'en procure un autre.

DE MÉRIEL.

Parles-tu sérieusement?

D'AVENAY.

Oui, très-sérieusement... Ne m'interromps pas, et surtout ne me refuse pas.

Il se met à écrire tout en continuant de parler et s'assied sur la petite chaise, entre la table et le canapé.

DE MÉRIEL.

Qu'écris-tu là?

D'AVENAY.

Tu le sauras tout à l'heure. (Reprenant.) Dans un instant, je vais partir; Dieu seul sait si je reviendrai.

DE MÉRIEL.

Oh! Paul!

D'AVENAY.

Eh! mon cher, on se bat mal dans les dispositions où je suis... D'ailleurs, sans mettre les choses au pire, je puis être blessé grièvement; et, je te l'ai dit, je n'ai pas de parents, pas de famille. Mon Adrienne ne peut pourtant pas rester sans protecteur, sans appui; en supposant même que le sort me favorise tout à fait, je ne veux pas qu'elle soit complétement seule pendant le temps que durera mon absence. Tu vas donc rester ici; c'est à toi que je la confie.

DE MÉRIEL, surpris.

A moi?

ADRIENNE, s'arrêtant.

Trouvez-vous cela joli? Écoutez-vous un peu?

DE MÉRIEL.

Oui, mademoiselle.

D'AVENAY.

Oui, oui, mon enfant; continue.

DE MÉRIEL, à voix basse. (Il est allé s'asseoir sur le canapé et parle dans l'oreille de d'Avenay, qui écrit toujours.)

Tu veux me confier ta fille? à moi? Mais... es-tu fou? que dira le monde?

D'AVENAY.

Le monde !... Est-ce lui qui protégera Adrienne?

DE MÉRIEL.

Mais réfléchis donc, ai-je le droit, aurai-je la force de m'ériger en gardien de l'innocence d'une jeune fille? Moi, ton compagnon de folies, et qui, quoique plus jeune, serais presque ton maître.

D'AVENAY.

Ce qui n'empêche pas que tu sois un homme d'honneur; je te connais, tu rempliras dignement la mission que je te confie.

DE MÉRIEL, voulant encore refuser.

D'Avenay !...

D'AVENAY.

Quant à ton cœur, que tu crois complétement desséché, il n'en est rien, et la preuve (lui prenant la main), tiens, la voilà : malgré les railleries impies, tu as toujours gardé à ton doigt les cheveux de ta mère, parce que cette humble petite bague, c'était ta mère elle-même qui, en mourant, l'avait placée là.

DE MÉRIEL, vivement.

Et elle y restera toujours.

D'AVENAY.

Tu crois donc encore à quelque chose? (Lui prenant la main.) Eh bien! mon ami, jure-moi sur cette relique de protéger et de défendre Adrienne...

DE MÉRIEL, ému.

Je le jure; mais...

D'AVENAY, lui donnant le papier sur lequel il écrivait.

Lis maintenant.

DE MÉRIEL, lisant à demi-voix.

« En cas de malheur, et si le sort m'était contraire dans le
« duel que je ne puis éviter, je lègue à mademoiselle Ga-
« brielle de Serney, institutrice de ma fille, la somme de
« cent mille francs pour les soins qu'elle voudra bien, je
« l'espère, lui continuer jusqu'au jour de son mariage avec

« l'homme qu'elle aura choisi. Et je nomme mon exécuteur « testamentaire M. Jules de Mériel, le tuteur de ma fille « Adrienne. » (s'interrompant.) Oh ! pour le coup c'est de la déraison.

Trois heures commencent à sonner. — Adrienne, tout en riant, reprend forté pour couvrir le bruit des pendules.

D'AVENAY, se levant.

Trois heures ! Allons, il faut partir.

ADRIENNE, à part.

J'espérais lui faire oublier l'heure !

DE MÉRIEL, se levant et bas à d'Avenay.

Écoute-moi !

D'AVENAY, bas.

Prends garde !

ADRIENNE, à son père.

Ne sois pas longtemps.

D'AVENAY.

Non, non.

DE MÉRIEL, bas à d'Avenay.

Encore une fois, je t'en supplie...

D'AVENAY.

Ne me refuse pas, je serai plus tranquille. (Souriant.) Je me battrai mieux. (Haut.) Adrienne, Monsieur attend un de nos amis qui doit venir le prendre ici ; il reste donc. Tu es la maîtresse de la maison, tu lui en feras les honneurs.

ADRIENNE, qui est venue à son père.

Je ferai de mon mieux. (Elle a pris la main de son père.) Tu as encore la fièvre, et plus fortement que tantôt même ; ne sors pas.

D'AVENAY.

Oh ! il le faut, Adrienne.

ADRIENNE.

Je vais être inquiète.

D'AVENAY, s'efforçant de rire.

Enfant !

ADRIENNE.

Demeure... je t'en prie !

D'AVENAY, très-agité.

C'est impossible, te dis-je... Allons, adieu; au revoir!... (Il l'embrasse en affectant toujours la gaieté.) A bientôt! à bientôt!...

Il serre furtivement la main de de Mériel, puis, sur le point de partir, il saisit de nouveau Adrienne, l'embrasse longuement sur le front et sort très-vite. — Adrienne, qui depuis un instant est devenue triste et sérieuse, le suit longtemps des yeux.

SCÈNE XIV

ADRIENNE, DE MÉRIEL.

DE MÉRIEL, à part.

Par exemple! si je m'attendais à une chose, ce n'était certes pas à être chargé d'une semblable mission!... Elle est réellement au-dessus de mes forces...

ADRIENNE, revenant à de Mériel.

Oh! mon Dieu! monsieur, je me suis engagée à vous faire les honneurs du logis, et voilà que pour débuter je vous oublie! Pardonnez-moi.

DE MÉRIEL, qui l'examinait attentivement.

Oh! mademoiselle. (A part.) Pauvre enfant... sa gaieté est tombée tout à coup; il semblerait qu'elle devine...

ADRIENNE.

C'est plus fort que moi... mon cœur vient de se serrer tout à coup, et j'ai envie de pleurer sans savoir pourquoi.

DE MÉRIEL.

Vraiment? (A part.) C'est bien cela.

ADRIENNE.

Il me semble que mon père était bien ému en me quittant... Vous n'avez pas remarqué, monsieur?

DE MÉRIEL, cherchant à se donner une assurance qu'il perd peu à peu pendant ce qui suit.

Non, non, mademoiselle.

ADRIENNE.

Il ne m'avait jamais embrassée ainsi... Il semblait qu'il me quittât pour un long voyage...

DE MÉRIEL, cherchant à l'étourdir.

Oh! mademoiselle, il n'en est pas question... je vous jure.

ADRIENNE, s'asseyant sur le fauteuil à gauche de la table.

Vraiment? ah! tant mieux!... — Du reste, je suis très-sujette à ces mouvements-là; et voyez-vous, monsieur, cela résulte, je crois, des premières impressions de mon enfance. Il faut vous dire que mes plus jeunes années furent confiées aux soins d'une bonne et digne femme, crédule comme on l'est en Bretagne, et qui, dans son langage, que je comprenais alors, m'a bercée avec des contes étranges, qui ont pu avoir sur mon imagination une fâcheuse influence. — Et puis, un soir, je pouvais avoir cinq ans alors, j'étais dans mon berceau, le cœur serré par un chant triste et monotone avec lequel ma nourrice avait cru m'endormir, lorsque je vis distinctement une figure blanche, qui ressemblait à ma mère, traverser la chambre, puis écarter mes rideaux et se pencher vers moi comme pour m'embrasser. — Le lendemain, tout le monde autour de moi était en larmes, et l'on se mit à me faire une robe de deuil...

Elle se lève et se penche pour écouter à gauche, du côté de la fenêtre.

DE MÉRIEL.

Qu'avez-vous, mademoiselle?

ADRIENNE.

Oh! rien! Il m'avait semblé entendre... Mais non, ce n'est que le vent dans les branches. — Comme c'est triste, ces arbres dépouillés... Il y a longtemps déjà que mon père est parti...

DE MÉRIEL.

Trois quarts d'heure à peine...

ADRIENNE.

Et il a dit qu'il reviendrait?

DE MÉRIEL, que l'émotion gagne peu à peu.

Bientôt.

ADRIENNE.

Vous devez me trouver singulièrement maussade?... Vous allez avoir bien mauvaise opinion de moi!...

DE MÉRIEL, qui ne la perd pas des yeux.

Mais non.

ADRIENNE, qui en revient toujours à son idée fixe.

Voyez-vous, monsieur, parmi toutes mes superstitions, j'ai surtout celle-ci, qu'un malheur ne vient jamais seul; et cette nuit notre couvent a brûlé.

DE MÉRIEL.

Ah!

ADRIENNE.

Je me suis presque réjouie de ce fatal événement, qui me rapprochait de mon père, et j'ai peur maintenant que le bon Dieu ne m'en punisse.

DE MÉRIEL.

Oh! ne croyez pas cela.

Quatre heures sonnent. — Mouvement d'Adrienne.

ADRIENNE.

Je voudrais être à demain.

Elle porte son mouchoir à ses yeux.

DE MÉRIEL.

Des larmes?

ADRIENNE, passant à droite.

Oui, je ne peux plus les retenir. Mon Dieu! mon Dieu qu'est-ce que j'ai donc? Oh! je voudrais que Gabrielle pût être là, près de moi.

DE MÉRIEL, involontairement.

Gabrielle!... Ah! oui.

ADRIENNE.

Vous la connaissez?

DE MÉRIEL.

Votre père m'a parlé d'elle.

ADRIENNE, joyeuse.

Il y pense donc? Oh! tant mieux! (Après un temps.) Vous savez où est allé mon père?

DE MÉRIEL, embarrassé.

Mais...

ADRIENNE.

Conduisez-moi près de lui; voulez-vous?

DE MÉRIEL.

Mais, mademoiselle, j'ignore complétement...

ADRIENNE.

Oh! je suis bien sûre que non. — Où est-il? dites!

DE MÉRIEL, très-troublé.

Je vous jure...

ADRIENNE, avec une insistance d'enfant.

Dites-moi où il est, et je vous donnerai quelque chose; tenez, cette bague-là. (Elle s'assied sur le canapé.) Voyons si elle vous irait... Oh! oui, car vous avez la main petite (De Mériel va près d'elle et se tient debout.) Donnez-moi votre main. Tiens, vous avez déjà une bague. — Oh! les jolis cheveux blonds! Ce sont des cheveux de votre mère?...

DE MÉRIEL.

Oui. (A part.) Doux instinct du cœur! C'est pourtant la première femme, parmi celles que j'ai rencontrées, qui ait deviné cela.

ADRIENNE.

Voici la neige qui tombe!

DE MÉRIEL, à part, regardant sa montre et allant vers la gauche.

Ils sont aux prises maintenant.

ADRIENNE, dont l'inquiétude augmente à chaque minute.

Est-ce que les pendules vont bien, ici?

DE MÉRIEL.

Pardonnez-moi; elles avancent.

ADRIENNE.

Vous dites cela. (Elle s'assied sur la petite chaise près de la table. — Après un temps.) Quelles sont vos occupations, à vous, monsieur?

DE MÉRIEL.

Mes occupations?... mais je n'en ai pas.

ADRIENNE.

Comment?

DE MÉRIEL, souriant.

Je ne fais rien du tout.

ADRIENNE, distraite.

Vous vous amusez donc toujours? Oh! comme vous devez vous ennuyer!... Est-ce que mon père ne fait jamais rien non plus?...

DE MÉRIEL, vivement.

Pardon, mademoiselle... Oh! il travaille beaucoup, lui!

ADRIENNE.

A la bonne heure! On se doit à son pays.

DE MÉRIEL, riant.

Eh bien, je tâcherai de me rendre utile, je vous le promets.

ADRIENNE.

Merci.

DE MÉRIEL, à part.

La ravissante personne!... C'est que je ne trouve rien à lui dire... J'ai peur de lui sembler bête en voulant être spirituel.

ADRIENNE.

Vous montez souvent à cheval, monsieur?

DE MÉRIEL.

Tous les jours.

ADRIENNE.

Oh! vous seriez bien bon d'engager mon père à me faire donner des leçons... Nous irions nous promener tous les trois.

DE MÉRIEL.

Je m'engage à lui en parler.

La pendule sonne une demie.

ADRIENNE, ramenée tout à fait à ses craintes.

Quatre heures et demie!

DE MÉRIEL, à part.

Le combat est terminé maintenant... (Cherchant à cacher son trouble.) Le temps vous semble bien long, mademoiselle?...

ADRIENNE.

Oh! oui, monsieur!

DE MÉRIEL, à part.

Quelle naïve créature!

ADRIENNE, qui a tiré un médaillon de son sein.

Voyez-vous comme elle était jolie, ma pauvre mère!

DE MÉRIEL.

Oui.

ADRIENNE, dont l'agitation augmente peu à peu.

Mais il ne va donc pas revenir! La neige tombe toujours, il va avoir froid. Il faut remettre du bois au feu pour quand il rentrera.

Elle va à la cheminée.

DE MÉRIEL, à part.

C'est singulier!... Je ne sais ce que j'éprouve; mais c'est la première fois de ma vie que je me sens aussi troublé, aussi ému. Mais alors, elle ne serait donc pas morte, *la petite bête*, comme dit l'auteur de *Musette*.

ADRIENNE.

Musette! qu'est-ce que c'est que Musette, monsieur?

Elle se rapproche de lui.

DE MÉRIEL.

Une romance.

ADRIENNE.

Oh! chantez-la moi!

DE MÉRIEL.

Que je vous la chante, mais.... (A part.) Mais, mais c'est impossible; elle n'a pas été faite pour les couvents.

ADRIENNE, qui est allée au piano.

Eh bien! vous ne venez pas?

DE MÉRIEL.

Mon Dieu! mademoiselle, excusez-moi... mais cette romance... je l'ai oubliée.

ADRIENNE, retombant dans sa rêverie.

Ah! c'est dommage!

DE MÉRIEL, à part.

Pauvre petite! voilà sa pensée qui recommence à prendre le deuil.... Oh! il faut à tout prix.... (Haut.) Mademoiselle, je ne me souviens plus de cette romance... mais si vous désirez que nous fassions de la musique, il est facile de...

ADRIENNE.

Non, merci!

DE MÉRIEL.

Si vous le préférez, j'irai vous chercher quelques livres dans la bibliothèque!

ADRIENNE.

Excusez-moi, monsieur... mais je ne pourrais pas lire. (Jetant les yeux sur la bague de de Mériel, qui appuie sa main sur le fauteuil, près du piano.) Est-ce que vous aussi, monsieur, vous avez perdu votre mère?

DE MÉRIEL.

Oui, mademoiselle.

ADRIENNE.

Je vous plains bien, monsieur.

Elle lui prend la main et la garde un instant en prêtant de nouveau l'oreille. — On entend le bruit d'une porte qui se ferme: Adrienne s'élance au fond, écoute et redescend tristement.

DE MÉRIEL, à part.

La ravissante jeune fille!... Le son de sa voix, son doux sourire, son regard candide me jettent dans une sorte d'extase, et mon cœur tressaille au seul frôlement de sa robe!

Cinq heures sonnent.

ADRIENNE.

Cinq heures! Oh! mon Dieu!... mais ce n'est pas naturel.

DE MÉRIEL, à part, très-inquiet aussi.

En effet... d'Avenay tarde bien à revenir. — La porte Maillot n'est pourtant qu'à deux pas d'ici; je suis dans une anxiété!...

Il regarde par la fenêtre, debout devant le piano.

ADRIENNE, à demi-voix à de Mériel.

Oh! il ne revient pas!

DE MÉRIEL, comme à lui-même.

Non.

ADRIENNE.

Ah! vous aussi vous êtes inquiet.

DE MÉRIEL, se remettant.

Mais, pas le moins du monde! — Qu'y a-t-il à craindre?...

ADRIENNE.

Je n'en sais rien, moi; mais enfin, je tremble. (Elle lui prend la main.) Tenez, vous tremblez aussi!... Vous pâlissez, vous avez des larmes dans les yeux!... (Avec terreur.) Mais que se passe-t-il donc loin d'ici?

Elle descend en scène, à droite.

DE MÉRIEL, à part.

Mon Dieu! comment détourner ses soupçons quelque temps encore?

ADRIENNE, le pressant.

Voyez-vous que vous tremblez? que....

DE MÉRIEL, à lui-même.

Ah!... (Haut.) Je tremble!... Eh bien, oui, je tremble... d'émotion, de bonheur auprès de vous, si aimante, si bonne; et si j'ai des larmes dans les yeux, c'est à la pensée amère que, peut-être, je ne vous reverrai plus....

ADRIENNE, qui l'a fixé attentivement tout le temps.

Eh bien, alors, si c'est la vérité que vous me dites là, pourquoi vos yeux se détournent-ils des miens? Pourquoi votre oreille est-elle tout entière aux bruits qui peuvent venir du dehors?... (Avec une agitation croissante.) Oh! vous me trompez; ce n'est pas à moi que vous pensiez... mais à lui, à mon père... Mon père court un danger en ce moment, j'en suis sûre... je le sens... Oui, oui, il court un danger... mais lequel?... lequel?... (Avec un cri.) Ah! il se bat!

DE MÉRIEL, éperdu.

Non... non...

ADRIENNE.

Jurez-ledonc!

DE MÉRIEL.

Je le jure.

ADRIENNE, lui indiquant la bague qu'il porte.

Là-dessus.

DE MÉRIEL, que les larmes ont gagné et qui n'est plus maître de lui.

Oh! je n'y tiens plus!... grâce! grâce, pauvre enfant, pardonnez-moi, car c'est peut-être moi qui suis en partie cause...

ADRIENNE.

Vous?...

DE MÉRIEL.

Oui, oui, car je suis un de ceux qui l'ont jeté dans ces plaisirs bruyants qui l'éloignaient de vous, et qui, peut-être à cette heure... Oh, mais j'en suis bien puni; car, après cet aveu, vous allez me haïr, me mépriser peut-être.

Tout à coup on entend à quelque distance le bruit lourd d'une voiture qui roule lentement.

ADRIENNE, avec un cri.

Taisez-vous!... (Elle court à la fenêtre avec terreur.) Regardez! regardez!... cette voiture qui arrive... lentement par l'avenue... C'est la nôtre, je reconnais les armoiries.... Elle rapporte un blessé, un cadavre peut-être... (Sanglotant et se jetant dans les bras de de Mériel.) O mon père! mon père!

DE MÉRIEL.

Adrienne! (Il la dépose sur le fauteuil, près du piano.) Du secours! du secours!

SCÈNE XV

LES MÊMES, D'AVENAY.

D'AVENAY, entrant par la droite.

Adrienne!

ADRIENNE, courant à lui.

C'est toi!... c'est toi!... Ah! que tu m'as fait peur!

D'AVENAY.

Chère enfant! (A de Mériel.) Elle savait donc?...

ADRIENNE.

Tu n'es pas blessé?

D'AVENAY.

Il n'y avait personne au rendez-vous.

ADRIENNE.

Mon Dieu! mais ce n'est donc pas fini, alors? Ce duel n'est donc que différé?... Oh! mais tu ne te battras pas; je ne veux pas que tu te battes.

D'AVENAY.

Adrienne!

ADRIENNE.

Oh! si tu me quittes encore, je deviendrai folle.

D'AVENAY.

Mon enfant!

DE MÉRIEL.

Mais alors, cette voiture...

SCÈNE XVI

DE MÉRIEL, ADRIENNE, D'AVENAY, JEAN, FORTUNIEN.

JEAN.

On ramène M. d'Illoy; il est blessé.

DE MÉRIEL.

Blessé!

FORTUNIEN, entrant en riant, soutenu par un domestique.

Ah! ah! ah! parole d'honneur, ces choses-là n'arrivent qu'à moi... ah! ah! ah! .. aïe!

D'AVENAY.

Tu es blessé?

FORTUNIEN.

Une égratignure... un rien... et pour rien... Voilà ce qu'il y a de ridicule!... Figure-toi... (Apercevant Adrienne.) Oh! pardon!

D'AVENAY.

Ma fille!

FORTUNIEN.

Ah! bah!... mademoiselle....

D'AVENAY.

Continue. Assieds-toi.

FORTUNIEN, s'asseyant sur le fauteuil à droite.

Voilà ce que c'est. Tantôt, au café Anglais, j'ai appris que tu avais un duel avec M. de Lymarens; tu allais gagner ton pari, j'ai voulu te le faire perdre... pour te taquiner toujours. Alors, comme M. de Lymarens descendait les Champs-Elysées, je coupe brusquement sa voiture avec la tienne.

D'AVENAY.

Alors, vous vous êtes battu?

FORTUNIEN.

Parfaitement! j'ai reçu un coup d'épée; après quoi, M. de Lymarens m'apprend que, lorsque je l'ai écrasé, il courait chez toi pour te tendre la main.

D'AVENAY.

Comment?

FORTUNIEN, se levant.

C'est tout simple. Mademoiselle... (D'Avenay lui impose silence du geste; il reprend plus bas :) la belle Antonia est partie avec le Russe... il l'emmène en Sibérie; c'est bien fait! Mais avec tout cela, moi, j'en suis pour un coup d'épée... Ces choses-là n'arrivent qu'à moi!

Il se rassied.

ADRIENNE, à d'Avenay.

Eh bien?

D'AVENAY.

Tout est arrangé, je te le jure! Ne crains plus rien, chère enfant!

ADRIENNE.

C'est égal, méchant père! Tu n'avais donc pas pensé que tu pouvais me laisser seule au monde?

DE MÉRIEL, vivement.

Seule!... mais n'étais-je pas là?

D'AVENAY, devinant la pensée de de Mériel, lui dit tout bas :

Ah! toi aussi, tu veux recommencer ta vie?

DE MÉRIEL, bas.

Oui.

D'AVENAY, à Adrienne.

Dis-moi, mon enfant, si j'épouse la femme que tu me destines, épouseras-tu, toi, celui en qui j'aurais eu assez de foi pour lui confier ce que j'ai de plus cher au monde, le sort et la vie de mon Adrienne ?

ADRIENNE.

Oui.

D'AVENAY, tirant de sa poche le papier qu'il a écrit pour de Mériel.

Tiens, lis !

ADRIENNE, qui l'a parcouru.

Oh ! mon père !

DE MÉRIEL.

Mademoiselle !

ADRIENNE, lui tendant la main.

Acceptez la tutelle, monsieur.

DE MÉRIEL.

Oh ! merci !

D'AVENAY.

Allons, dans un mois, à partir d'aujourd'hui, le mariage !

FORTUNIEN, se levant et d'un ton tragique.

Même si l'on m'enterre ce jour-là ?

D'AVENAY, riant.

Oh ! non.

FORTUNIEN.

Eh bien ! je mourrai la veille pour vous taquiner.

FIN.

www.ingramcontent.com/pod-product-compliance
Ingram Content Group UK Ltd.
Pitfield, Milton Keynes, MK11 3LW, UK
UKHW020430180726
13839UKWH00003B/1419

9 782329 438528